AF258211

ÉTRENNES POÉTIQUES

de 1874

ÉTRENNES

POÉTIQUES

de 1874

OU

Épisodes de la Paroisse St-Vincent, en 1873

PAR G. D. Dodo

> Trois choses sont indispensables au gouvernement des nations : Sagesse et Habileté pour les chefs, Fidélité aux lois pour le peuple.

SOMMAIRE

Historique et Souhaits.
Sonnet à Monsieur L. T.

La République à St-Vincent, ou l'Age d'Argent en perspective.
Sonnet en 1871.

20e **ANNÉE**

BORDEAUX

TYP. L. CODERC, LIB., RUE DU PAS-SAINT-GEORGES, 28

1873

Dédicace à Monsieur L. C.

—◦✕◦—

O vous qui possédez tendre cœur et richesse !
Qui de vos dons nombreux apaisez la tristesse,
Et tel qu'un Souverain pouvez d'un seul regard
Calmer, même guérir, le mal à l'œil hagar,

Daignez, au favori de votre ample largesse,
Permettre, en quelques vers cueillis sur le Permesse,
De chanter vos bienfaits, sans trouble, ni retard,
Vous offrir de sa Muse une humble et douce part.

Si Virgile autrefois chanta le grand Auguste,
Si Boileau de Louis redit la gloire auguste,
Pourquoi tairai-je ici quelques accords touchants?

Oui, comme ces héros vous aimez le Trouvère,
Mais de plus vous fuyez le Démon de la Guerre,
Donc vous méritez mieux et les vers et les chants !...

Aux bons Paroissiens de Saint-Nicolas

Historique et Souhaits

Nous avons tracé l'an dernier une esquisse de l'Age d'Or si cruellement tranché par le siége de la ville de St-Vincent. Nos valeureux soldats furent victorieux et repoussèrent l'ennemi ; mais, nous fûmes consternés à la vue de nos pertes en hommes et en édifices ; la ville fut presque détruite , un grand nombre d'habitants avaient perdu la vie. Mais là, ne s'arrêtait pas notre malheur ; beaucoup d'étrangers s'étaient établis parmi nous, leurs mœurs et leur indifférence en matière de foi, avaient porté le trouble dans les esprits et dans les âmes. Bientôt l'anarchie excitée par les opinions diverses, menaçait de tout bouleverser. A cette marche précipitée vers un cataclisme épouvantable, les fondateurs survivants de l'Age d'Or se réunissent, et, aidés de nouveaux auxiliaires que le Ciel leur a ménagés, ils entreprennent la restauration morale et matérielle de leur cité. Leur premier soin fut de chercher un appui dans le pouvoir souverain dont ils dépendaient. La question est étudiée, et non-seulement nos sages sont autorisés dans leurs projets , mais encore leur ville est déclarée libre et confiée à la sagesse de ses gouvernants. L'œuvre commmence et les travaux des hommes d'élite font le sujet de ce poème qui a pour titre : *La République à St-Vincent ou l'Age d'Argent en perspective.*

Le lecteur pourra peut-être trouver dans ces pages quelques allusions politiques, ce n'est pas notre intention ; notre pensée est d'émettre tout simplement les opinions morales qui nous paraissent avantageuses au bonheur de la société.

Bons Paroissiens, daignez accepter avec votre bonté ordinaire, l'hommage de ce petit poème et former avec moi en ce beau jour, des vœux bien sentis pour l'obtention de l'Age d'Argent, dont vous me permettrez d'espérer quelques parcelles

Votre très-humble et très-respectueux serviteur,

G. D...,

Sacristain à Saint-Nicolas.

LA RÉPUBLIQUE A SAINT-VINCENT

OU

L'AGE D'ARGENT EN PERSPECTIVE

> Sans morale, point de société possible.
>
> Or, la morale, c'est la Religion, donc...

I

Après avoir connu la sublime nouvelle
Qui transportait son cœur d'une joie immortelle,
Paulin, notre bon Maire, invite en son logis
De nos beaux jours passés les bienfaisants amis;
Il veut leur faire part du bonheur qui l'enivre,
Dans un autre Age d'Or nous faire encor revivre,
Le grand jour apparaît où ces hommes de bien
Qui de notre cité furent le vrai soutien,
Vont commencer leur œuvre et concourir encore,
Au bonheur du pays, à la nouvelle aurore
D'un Age que je nomme ici l'Age d'Argent,
Car l'Age d'Or a fui notre foyer changeant.
Les bonnes mœurs baissaient, les goûts et les tendances
Faisaient, hélas! prévoir de frêles espérances!
La population mêlée aux étrangers
Menaçait l'avenir de périls, de dangers.

Le Pasteur bienfaisant se présente à la porte,
Précédant des sauveurs la vaillante cohorte,
Quelques-uns ne sont plus... le Pasteur d'autrefois
Obéissant, fidèle à la divine voix,

De St-Vincent partit pour de nouveaux parages,
Laissant un successeur digne de nos hommages !
Le Révérend Prieur a terminé ses jours,
Montant plein de vertus aux célestes séjours !
Barrau, saint Magistrat, mourut pendant nos guerres ;
Prévôt, faible, s'éteint pleurant sur nos misères ;
Cependant notre Maire a toute sa vigueur.
L'Abbesse Caroline et Guenaud le Docteur,
Colbert, Alphonse, Ivon, sont encor pleins de vie ;
A ce groupe se joint Isorin, Octavie,
Couple brûlant de foi, riche, sage et puissant,
Se vouant au bonheur des fils de St-Vincent !
Après eux nous voyons deux vieux amis, deux sages,
Grégoire, Nicolet méritant nos suffrages,
Puis, d'autres citadins, magistrats et bourgeois,
Parmi lesquels surgit l'agriculteur François.
Nouveau Cincinatus tiré de la charrue
Pour sauver le pays où le malheur se rue ;
Et puis, Sylvain, Sidrac, l'honneur des commerçants,
Mais avant tout chrétiens, doux et compatissants.
Enfin, d'autres sujets, hommes pleins de prudence,
L'espoir de nos foyers, l'espoir de notre France !...
Quand chacun fût assis sous le toit communal
Qu'un respectueux calme eut réglé le moral,
Le Maire se leva rayonnant d'allégresse,
Salua plein de grâce ; et sa verte vieillesse
Vint exciter l'ardeur des apôtres nouveaux !
Prophétisant des jours aussi riches que beaux :

II

La Grande Nouvelle

« Messieurs, vous le savez, notre France vaincue
Gémissait sous le joug affolée, éperdue,
Trois ans d'oppression pesèrent sur son cœur,
Elle souffrit, hélas ! la honte et la douleur !...

Mais enfin se dressant par un effort sublime,
Elle s'est rachetée ; et sortant de l'abîme,
Nous la voyons surgir belle et riche d'espoir,
Semblable aux cieux si purs après l'horizon noir !...
Oui, je vois au lointain une naissante aurore,
Des sommets verts, féconds qu'un nouveau soleil dore ;
J'aperçois plein de joie un prospère avenir,
Nos ouragans chassés par un puissant zéphir.
Nos comptes sont soldés, et nos riches frontières
Ont vu les fiers Germains déployant leurs bannières
S'éloigner, disparaître et gagner leurs cités,
Nous délivrant enfin de leurs jougs éhontés !
Gorgés, ils sont partis ces soldats despotiques,
Chantons, chantons Français de radieux cantiques !... »

L'auditoire aussitôt de bonheur applaudit,
De vivats prolongés la voûte retentit !...

« Messieurs, reprend le Maire, électrisé d'ivresse,
Écoutez un secret qui vivement m'oppresse,
Un bien delicieux va combler votre cœur,
Quadrupler de ce jour l'indicible bonheur !
Sachez donc, chers amis, que notre territoire,
Pour prix de votre foi, pour prix de votre gloire,
Vient d'être déclaré, par le droit souverain,
Ville libre et pouvant, dans son heureux destin,
Vivre, se gouverner, sans nulle dépendance,
Ramener l'Age d'Or, de douce souvenance !... »

A ces mots imprévus, à ce sublime aveu,
Rien ne peut retenir de l'ivresse le feu.
Nos sages enflammés de joie et d'allégresse,
Oubliant du passé les malheurs, la détresse,
Sortent de leur palais, font retentir les airs
De cent mille bravos, de cent mille concerts.
Bientôt tout St-Vincent a connu la nouvelle.
Elle a tout embrasé, semblable à l'étincelle !...
La foule, dans sa joie, accourt de toute part,
S'enivre de bonheur, et bientôt l'étendard

Qui flotta sur nos murs aux jours de la victoire
Apparaît rappelant notre immortelle gloire !
Au sommet de la tour il est planté soudain.
Au milieu des vivats et d'un brûlant refrain...
Tout s'ébranle, tout court ; notre Orphéon modèle
Célèbre ce grand jour par une hymne nouvelle.
Les murs sont revêtus de lauriers verdoyants,
Les feux sillonnent l'air, et les timbres bruyants
Portent au loin la joie, et l'ivresse publique,
L'enthousiasme pur, l'amour patriotique !...
Tout le jour les transports du plus parfait bonheur
Captivèrent l'esprit et ravirent le cœur.
Enfin la nuit calmant le flot de l'allégresse
Tout s'endormit bercé par une folle ivresse...

Trois jours après, une deuxième réunion eut lieu à la Mairie de St-Vincent
et du compte-rendu de cette dernière séance, nous extrayons la motion
suivante :

III

Le Vote

Voici, voici venir le notable Sylvain :
Son air impatient, son geste, son entrain,
Semblent nous annoncer un sujet des plus graves
Sujet ayant pour but de briser nos entraves :

« Messieurs, dit-il soudain, vos bienfaisants discours,
Ont attendri mon cœur, excité mon concours.
Vous avez je le vois, émis de beaux systèmes
Et vous avez posé de bien sages problèmes,
Mais il est un objet, un point urgent omis
Et sur lequel je viens donner mon humble avis.
Messieurs, dans la direction d'un pays, d'une ville,
L'important c'est le chef, les conseillers, l'édile.
S'ils sont braves, instruits, s'ils sont justes et bons,
Le peuple, les sujets, par des jours saints, féconds,

Verront s'accumuler sur leurs têtes heureuses,
L'abondance, les biens, les œuvres généreuses !
S'ils sont hélas ! méchants ou du moins dans l'erreur,
Le peuple souffrira la honte et la douleur !...
Donc, pour avoir des chefs dignes, pleins de sagesse
Il faut voter, Messieurs, voter avec justesse.
Or, pour cette action, il faut absolument
D'un honneur bien compris tenir le sentiment,
Sans quoi nous acquerrons des magistrats hostiles
Au pays, à nos mœurs, à nos projets viriles,
L'électeur doit donc être apte, judicieux,
Indépendant, lucide et consciencieux ;
Mais comment découvrir ce rayon tutélaire ?

. . . . , ...

Par la pure morale et le savoir primaire...
Par sa moralité l'électeur sera droit,
Et par l'instruction, intelligent, adroit.
Voilà les grands moyens que bien d'hommes en France,
Ont compris, ou pensé dans un humble silence (1).

. . . .

Ce système bien clair, goûté par l'auditeur,
Et pouvant devenir la source du bonheur,
Sylvain est applaudi, sa motion reçue,
Sera, par le public, nous le pensons, bien vue.

---

(1) Cela est positif ; pour élire de bons gouvernants il faut de bons électeurs. Dans St-Vincent ne voteront que les hommes moraux et instruits suffi-
samment. Le vote ne fut pas universel, mais il l'eût été si tous les individus
eussent rempli les conditions du vote. Espérons que dans l'avenir les citadins
de St-Vincent voteront tous. Alors ce sera du progrès véritable.

V

Le fruit d'un vote prudent

Le vote a prononcé nos sages, nos élus,
Esprits judicieux, modèles de vertus,
Sont nommés par le peuple, et bientôt dans l'enceinte
D'un antique palais à la mémoire sainte,
On discourra sans crainte et sans prévention,
Tous recherchant la paix et la douce union.
Nos députés assis, on ouvre la séance
Paulin, Maire-doyen, passe à la présidence ;
Il monte sans orgueil au siége principal,
Et par des mots flatteurs où perce un cœur loyal,
Il invite la Chambre à fuir trouble et discorde,
A viser avant tout à la sage concorde.

« Et puis, Messieurs, dit-il, pour la perfection,
De nos travaux nombreux, l'administration
Doit être dans chacun, juste, sage, éclairée,
Afin que dans son cours, du public vénérée,
Elle monte toujours vers des sommets féconds
Où brillent des vertus, l'éclat et les rayons.
Chaque membre depuis le premier à l'infime,
Doit accepter sa croix, et conquérir l'estime.
Il faut surtout de l'ordre, et ne jamais souffrir
Que nul de son labeur, fort d'un noble désir,
N'aille augmenter son lot et sa tâche prévue,
Troublant ainsi la règle et la marche connue.
Que l'humble inférieur, à l'égard de son chef,
Soit doux, respectueux, et soumis de rechef.
Que l'un envers son maître, en termes ne s'oublie,
Que l'autre du tyran n'ait jamais la folie.
Et puis, pour acquérir la paisible union,
Il faut qu'entre les mains d'un sage de Sion,
Tout par de purs canaux aboutisse, converge,
Et que des dons du Ciel cet Édile s'héberge ;
A ces conditions, vous verrez refleurir
De ce bienheureux temps, le bienheureux loisir.

Ce temps où nous voyions au bord de la *Daurade,*
S'ébattre, séjouir une heureuse peuplade ;
Ce temps où nul souci n'affligeait notre cœur,
Où l'âme dans la paix maîtrisait la douleur.
Ce temps béni du Ciel où les lieux de plaisance
Respiraient les vertus et la douce innocence,
Où tout âge pouvait sans crainte, sans rougeur,
Égayer ses beaux ans, cueillir le pur bonheur.
Ce temps, il reviendra, si nous sommes fidèles,
Aux vœux des Magistrats, à nos lois immortelles.
A ce premier discours, nos sages radieux,
Acclament le bon Maire au cœur noble et pieux ;
Puis, d'un commun accord selon la loi civique,
Il est fait Président de notre République.

VI

L'Église et l'État

Après cet heureux fait, le Pasteur gravement
Demande la parole et très-modestement
Commence son discours... Bientôt notre auditoire
A l'orateur sacré rendra justice et gloire !...
Le Pasteur vient prouver que nos plus sages lois
Partent de la morale et surtout de la Croix !...

« Oui, le Christ, a-t-il dit, pour gouverner le monde,
Faire fleurir la paix sur la terre et sur l'onde,
En fournit les moyens par la Religion,
Principe de vertus chez toute nation !...
Voyez, voyez partout où le Catholicisme
A planté son drapeau, porté son Catéchisme,
La concorde et la paix renaissent à l'instant,
Lorsqu'ailleurs nous voyons l'incrédule inconstant
Plongé dans le mensonge et dans la barbarie,
Se livrant chaque jour au mal avec furie !...
Oui, la Religion c'est l'ange conducteur
De cette Humanité que poursuit le malheur !...

Nos coutumes, nos lois, nos règles, nos usages,
Bien qu'en ce jour à Dieu l'on rende peu d'hommages,
Émanent de la foi vénérés, respectés,
Subsistant, malgré tout prospères, délectés!...
Oui, les Commandements confiés à Moïse,
Et ceux aussi du Christ inspirés à l'Église
Sont la base du Droit que nos législateurs
Ont implanté chez nous comme d'autres sauveurs!...
Oui, le civil jadis bâtit sur l'Évangile
Ses règles et ses lois, son Code sage, habile.
Le Code provient donc de la Religion
Civilisant toujours et peuple et nation.
Et que disent nos lois, sinon d'être sévère
Dans nos actes, nos mœurs, d'honorer notre père,
D'être droit et loyal, fidèle, vénérant
Le sage Magistrat, le vieillard, le parent.
De respecter aussi le bien de nos semblables,
De ne point les frapper de nos armes coupables,
De ne point nous plonger dans des excès honteux,
De ne point contracter de liens scandaleux :
Voilà donc notre Code et nos règles civiles
Qu'inspira Jésus-Christ à nos premiers Édiles,
Messieurs, conservons donc parmi nous l'union
Et joignons le civil à la Religion!...
Ainsi je vais voter pour l'entente prospère
D'un Pasteur qui vous aime et de notre bon Maire!... »

A ce discours sans fard, plein de sens, de raison,
Sans nul retard chacun approuve à l'unisson
Du Pasteur éloquent, l'esprit et la justesse,
La pénétration el la haute sagesse.

VI

L'Instruction obligatoire

Ce discours terminé, Alexis, le Recteur,
Demande la parole, et zélé professeur,

Vient nous entretenir des soins de la jeunesse,
De l'éducation, véritable richesse.

« Permettez-moi, dit-il, de parler en ce jour,
De nos bien chers enfants, objet de notre amour;
Objet digne des soins de nos braves Édiles,
Avenir consolant de nos âges viriles!...
L'instruction, Messieurs, doit être, en notre temps,
Le but de nos efforts et de nos vœux ardents,
Car elle fait de l'homme un citoyen habile,
A la Société toujours, toujours utile.
Je dis l'instruction, mais encor ce savoir,
Ce savoir du Chrétien, de la sainte Morale,
Qui doit nous dérober à la mort infernale!...
Et la Religion ornant les vrais talents
Nous formera bientôt des Sages, des Savants.
Des Citoyens remplis d'un pur patriotisme,
Qu'on ne saurait trouver loin du Christianisme!...
Allions donc, Messieurs, à toute instruction,
L'esprit de la vertu, de la Religion.
Et votons de concert pour notre territoire,
L'Instruction primaire (1) à tous obligatoire. »

A ces pensers nouveaux; l'auditoire applaudit,
Le Recteur bien pensant que tout homme bénit.

VII

La Liberté de Conscience

Ivon, le Magister, rempli de confiance
Dans l'aide du Seigneur plus que dans sa science,
Monte vers la tribune, et d'un grave sujet,
Vient capter les esprits, produire un saint effet.

---

(1) Oui, l'instruction primaire obligatoire, mais avec de bons principes religieux, véritable chemin de la sagesse.

Il aborde aussitôt la libre conscience,
Demandant que chacun dans sa foi, sa coyance,
Soit dans le temps présent, arbitre souverain,
Mais suivant sans détour un honnête chemin.

« Messieurs, ne croyez point que par cette ouverture,
Je veuille soutenir que toute foi soit pure ;
Non, non, je crois toujours à la foi du chrétien,
Que son culte est seul vrai, que son culte est seul bien.
Mais ce qu'ici j'avance est amour et prudence,
Et le siècle a besoin, besoin de tolérance,
Et si nous ne pouvons donner la vérité,
Du moins, par nos rapports, montrons la charité.
Pour nos frères soyons de purs, de saints modèles,
A nos lois, à la foi, dévots, constants, fidèles ;
A nos concitoyens, sincères, dévoués ;
Au bonheur du pays, toujours, toujours voués ;
En agissant ainsi, nous convaincrons les âmes
Et les ramènerons sans calculs et sans trames.
Puissent, Messieurs, mes vœux se combler, s'accomplir,
Et l'Ange du passé reviendra nous bénir !... »

Après ces derniers mots, l'auditeur plein de joie,
Approuve Maître Ivon, dans cette heureuse voie.

VIII

L'Hygiène obligatoire

De Guenaud, le Docteur, voici, venir le tour,
Il va nous démontrer dans un lucide jour,
L'urgente utilité des lois hygiéniques,
L'avantage certain de leurs simples pratiques.

« L'homme, dit-il, possède une âme, puis un corps,
Qui dans le cours vital sont toujours en rapports ;
L'âme, nous dit la foi, doit vivre de morale,
Et sa mort bien terrible est la peine infernale ;

Donc, pour la préserver de ce cruel destin,
Il lui faut les avis du pasteur-médecin.
Mais le corps, que la mort va réduire en poussière !
Qui donc l'éloignera de son heure dernière,
Sinon le vrai docteur et ses conseils prudents ,
L'hygiène pratique oubliée en tout temps.
Après l'âme, le corps doit être de nos veilles,
L'objet de tous nos soins, de craintes non pareilles ;
Car, de quoi nous sert l'or, le talent, le savoir,
Si de la vie, hélas ! nous ruinons l'espoir ?
Et si dans l'ignorance encor de l'hygiène,
Nous courons à la mort avec la foule vaine.
Messieurs, pour remédier à ces tristes erreurs,
Enseignons en tous lieux à prévenir les pleurs ,
A conserver les jours, à prolonger la vie,
A reculer la mort de ténèbres suivie ;
Apprenons aux enfants la fuite des dangers,
Dangers dans leur personne, auprès, au loin dangers ;
Apprenons-leur aussi des vertus la pratique,
Par ce sage moyen, sous le toit domestique,
Ils conserveront tous leur force, leur santé,
Se développeront rayonnant de beauté ;
Faisons leur part aussi des vertus végétales,
Des simples dont nos pieds foulent les sains pétales ;
Mille secrets aussi, bienfaisants, curatifs,
Parfums, baumes et fleurs, agents préservatifs.
Et, lorsque ces enfants connaîtront la science,
Qui les garantira des maux, de la souffrance ,
Qui leur démontrera le danger des plaisirs,
Des nectars enivrants, des perfides zéphirs ?
Et qu'enfin ils sauront que la mort implacable,
Frappera le mondain de sa faux redoutable.
Ah, croyez-le, Messieurs, ces fiers adolescents,
Seront plus réfléchis, seront moins imprudents,
Et puis, mieux disposés au bien, à la sagesse,
Ils auront un cœur pur, une belle jeunesse !... »

Ce discours bien sensible émeut, touche le cœur,
Et donne mille votes au député-docteur.

IX

Les Finances

Notre honorable assis, Colbert jeune, s'avance,
A son aspect soudain, redouble le silence.
Il est financier et désire établir,
Un tribut pour la France, et puis le maintenir.
Il plaide en second lieu, pour le bien de la ville,
Et soutient qu'avant tout un trésor est utile
Pour l'ère qui renaît belle et pleine d'espoir,
Pour donner à nos fils, doux matin, heureux soir.

« Donnons, donnons, dit-il, faisons quelques largesses
A ce trésor public qui change ses richesses
En œuvre progressive, en précieux travaux,
Calmant par le labeur, de nos pauvres les maux ;
Et puis, en restaurant notre cité bien chère,
Nous serons fiers, heureux, quand la foule étrangère
Afflura dans nos murs et sur nos boulevards,
Qu'elle visitera nos forts et nos remparts,
Quelle contemplera nos sacrés édifices,
Nos places, nos chemins, nos hôtels, nos hospices.
Et puis, si parmi nous le calme se maintient,
Et si la charité dans les cœurs s'entretient,
Les travaux, le commerce, en un mot, les affaires,
Feront dans St-Vincent couler des jours prospères!... »

Nos auditeurs encor honorent de bravos,
Ce discours qui promet la gloire, le repos.

X

L'Organisation militaire

Après Maître Colbert vient le Major Maurice :
Il veut, dit-il, former une jeune milice,

Non pour nous ramener la guerre et son danger,
Mais afin de pouvoir repousser l'étranger,
Comme aussi pour offrir à la Mère-Patrie
De soldats préparés une troupe aguerrie !...
Et puis pour conserver au sein de la cité
Le bon ordre, la paix, calme, tranquillité.

« Cette troupe, dit-il, prise dans la jeunesse
Doit être de tout rang : paupérisme, noblesse
Doivent également défendre le pays,
Plusieurs ans le servir dévoués et soumis !...
Et lorsque nos soldats reviendront pleins de gloire
La ville, de leurs faits, gardera la mémoire !...
Elle aidera le pauvre en ses jours à venir,
Bénira son hymen, ses labeurs, son loisir !... »

Ainsi finit Maurice, et le noble auditoire
Approuve ce guerrier qui vivra dans l'histoire !...
C'est lui qui combattit naguère avec valeur,
Et qui vient en ce jour fonder notre bonheur !...

XI

Les Travaux publics

L'Architecte Louis prend alors la parole,
Aux restaurations veut payer son obole :
Il nous montre la ville à rebâtir soudain,
A reconstruire, hélas ! tôt et sans lendemain.

« Ces travaux, a-t-il dit, coûteront des années,
Et chargeront beaucoup nos maisons fortunées.
Néanmoins avançons, marchons avec ardeur,
Et ne négligeons rien dans cet urgent labeur,
Bannissons, croyez-moi, de nos cahiers de charges,
L'adjudication qui donne peu de marges
A nos entrepreneurs honnêtes et loyaux,
Les plonge bien souvent dans un fleuve de maux,

Et puis excite encor la redoutable envie
S'augmentant chaque jour de discorde suivie !...
Croyez-moi, partageons entre nos ouvriers
Ces travaux importants payés de nos deniers...
Donnons aux uns l'Église, aux autres la Mairie,
A d'autre, du rond-point la belle galerie.
Les forts et les remparts, les routes, les chemins,
Ces monuments détruits, nos squares, nos jardins.
Le plaisant Mansio, Luzerne-Pied-à-Terre,
Enfin ces objets d'art mutilés par la guerre.
Oui, partageons, Messieurs, entre nos citadins
Ce travail gigantesque aux beaux, aux grands dessins,
Partageons ces travaux, et la paix bienfaisante
Régnera sous nos toits, durable, permanente !... »

Nos sages comprenant ce progressif chemin,
De Louis le système est approuvé soudain.

XII

La Fraternité

Grégoire se dirige alors vers la tribune :
Il déplore du jour, le malheur, l'infortune,
Plaide pour l'indigent et prouve son bon cœur,
Veut soulager les maux, proscrire la douleur,
Il veut qu'à l'ouvrier l'on donne de l'ouvrage,
Que le vieillard, la veuve acquièrent en partage
Des habits et du pain, du bois pour les hivers,
Des consolations à leurs tristes revers !...
Un médecin sensible au mal, à la souffrance,
Des juges protecteurs pour la faible innocence,
Enfin mille détails remplis de charité,
Émanant de sa foi, de son humanité !...

« Et puis des soins, dit-il, aux pères de famille
Dont le cercle s'étend au foyer qui pétille.

Et quoi ! lorsque ses fils auront atteint vingt ans,
Vous viendrez, vous, vieillards, aux pas timides, lents,
Rechercher leur jeunesse et leur force virile
Pour défendre vos murs et votre domicile.
Eh bien ! puisqu'il vous faut des soldats, des héros,
Pour conserver vos jours, vos biens, votre repos,
Secourez, secourez cette mère indigente
Qui ne peut allaiter sa famille naissante,
Qui n'a qu'un peu de pain et point de joie au cœur !...
Pour former et nourrir ce futur défenseur !...
Secourez, secourez, ce père, cette mère,
Et ne souffrez jamais que le malheur sévère
N'abatte ses enfants sous ses funestes coups,
Car contre vous le Ciel serait plein de courroux !...
Mais plutôt que le pauvre au sein de sa famille
Puisse voir, sans douleur, croître son fils, sa fille.
Donnez, car ces enfants, les uns seront vos preux,
Les autres leur moitié, cœur doux, cœur généreux !...
Donnez encor, donnez à cette pauvre enfance
Avec le pain du corps, quelque peu de science.
Il faut que ces petits, un jour, soient électeurs,
Et de notre cité les éclairés sauveurs !... »

Cet émouvant discours applaudi par nos sages,
Au zèle de Grégoire on offre mille hommages !...
On promet en tout point de répondre à ses vœux,
D'accomplir sans retard ses désirs généreux.

XIII

La Police morale

Timon, le Procureur, paraît sur notre scène :
Il demande pour l'ordre et l'harmonie urbaine
Des agents, des soldats et des punitions,
Afin de prévenir troubles, rébellions.

« Cela, dit-il, est bien, et l'avenir prospère
Dépend de ce grand frein mis au cœur délétère !...

Par là, nous punissons du crime les fureurs,
Par là, nous évitons de nouvelles terreurs!...
Il est vrai, la Justice et les peines publiques
Adoucissent le sort de quelques Républiques,
Mais croyez bien, Messieurs, rien ne vaut les bienfaits,
Que la Religion, objet de nos souhaits,
Enfante chaque jour dans toutes nos contrées,
Où Dieu dans sa bonté porta ses lois sacrées!...
Par la Religion nous prévenons le mal,
Nous l'attaquons d'abord en son point capital,
Par la Religion nous pourchassons le crime,
En prêchant à nos fils un éternel abîme,
En leur disant encor maîtrisez vos penchants,
Éloignez votre cœur du pervers, des méchants,
Craignez le Tout-Puissant, témoin de tous vos actes,
Faites avec le Ciel de saints, de nobles pactes,
Avec un tel principe on est homme de cœur,
On recherche le bien et l'on prise l'honneur,
Et l'on n'a plus besoin de rudes Janissaires
Pour assurer la paix, la foi dans les affaires,
Tous visant au bonheur, à la douce union,
Rendent rare le mal et la punition.
Messieurs, je conclus donc que chez nous la police
Par prudence doit être admise dans la lice.
Mais la crainte de Dieu, mais le sublime honneur
Domineront toujours la criminelle erreur!...
De la Religion, la modeste pratique
Suffit pour corriger une tendance inique.
Donc, avant de songer à frapper, à sévir,
Enseignons la morale et luira l'avenir!... (1) »

Ainsi dit l'Orateur, et notre Aréopage
Rend à Maître Timon un éclatant hommage.

---

(1) " Messieurs, disait un pauvre condamné à ses juges, si j'avais été bien
élevé je ne serais pas ici. „ — Instruisez donc les pauvres et moralisez-les,
surtout, et nos prisons seront moins peuplées.

XIV

Encouragement au Bien

Sidrac, sage vieillard, longtemps silencieux,
Vient parler à son tour ; son esprit sérieux
Va démontrer bientôt d'un généreux système
Les nobles sentiments qu'il exalte et qu'il aime.

« Vos avis, nous dit-il, pleins de foi, de raison,
Vont ramener chez nous l'angélique saison.
Nos cruels souvenirs, nos maux et nos souffrances,
Cèderont le terrain aux pures jouissances,
La concorde, la paix, la douce charité,
Comme dans l'Age d'Or, hélas ! périclité,
Régneront, planeront sur la cité prospère,
Et nos enfants nourris en cette nouvelle ère,
Grandiront le cœur pur, projetant la candeur,
Et couleront des jours surchargés de bonheur.
Mais, pour accélérer cette heureuse existence,
Donnons à la vertu sa digne récompense,
Que le beau dévouement, que la noble action,
Reçoive de nous tous prix, bénédiction.
Décernons donc un prix, une juste couronne,
A la vertu constante, au mérite en personne ;
Offrons mille faveurs au père vertueux,
Qui donne à son pays des enfants généreux,
Qui donnant ses sueurs, ses peines, sa souffrance,
Montre au siècle des fils pleins de reconnaissance ;
Légistes ! vous offrez aux riches éleveurs
Des médailles, des prix, des lauriers, des honneurs ;
Et vous seriez muets devant cette famille,
Où depuis de longs ans le vrai mérite brille !
Non, non, vous vous rendrez à nos justes avis,
Et nous aurons bientôt de bons, de dignes fils.
La stimulation aux classes ménagères,
Embellira les mœurs et des fils et des pères,

Sur leur front se lira le signe des vertus,
Et de lin, les hymens seront tous revêtus !,..
Des prix ! et pourquoi non ? lorsqu'au sujet coupable,
Vous appliquez la loi qui le flétrit, l'accable !
Donc, s'il est vertueux, pourquoi l'abandonner ?
Pourquoi par le malheur le laisser condamner ?
Il n'en peut être ainsi ; ce citoyen fidèle,
Des pères, des époux, des amis le modèle,
Doit être secouru dans ses déceptions,
Par la cité couvert de bénédictions !...
Amis, récompensons, la vertu, la morale,
D'un peuple qui grandit, c'est la loi principale.

Il est encore un mot que je ne puis céler,
Et je m'empresse ici de vous le révéler.
Je veux parler du fait de notre Délivrance,
De la rédemption de notre chère France.
A qui le devons-nous, sinon à lÉternel,
Qui préside ici-bas aux actes du mortel ?
C'est Lui qui nous punit par nos propres faiblesses,
C'est Lui qui nous bénit, lorsque dans nos détresses,
Nous invoquons son Nom, son appui, son secours !...
Demandons une fin à nos malheureux jours.
Amis, en ces instants de salut et d'ivresse,
Remercions le Ciel de sa vive tendresse,
Et sollicitons tous pour le temps incertain,
Au moins, l'Age d'Argent craignant l'Age d'Airain ;
Et puis, que dans le Temple on offre des prières,
Que l'encens monte aux Cieux, que les vives lumières
Témoignent de nos cœurs l'ardente charité,
Et Dieu ne sera plus contre nous irrité !... »

A ce dernier discours, nos sages applaudissent,
De l'antique palais les voûtes retentissent.
Le Pasteur satisfait des sentiments de foi
Qu'il a vu s'exhaler, éprouve un vif émoi ;
Il s'engage à remplir les vœux de l'Assemblée ;
Et par ses serviteurs, troupe ardente et zélée,

Il fera préparer au Temple du Seigneur,
Pour ce sublime objet un éclatant honneur.
Le Maire-Président heureux de la séance,
Qui de jours fortunés nous donne l'assurance,
Clôt la réunion manifestant l'espoir,
Que nos Édiles saints, rempliront leur devoir.

Et nos bons députés gagnent leur domicile,
Apportant sous leurs toits et dans toute la ville.
Le présage d'un temps, florissant. glorieux,
Incontestable effet des principes pieux.

XV

Préparatifs religieux

Dès la veille, Boirude avait prévu la fête,
Du Temple , par Girard, il pavoisait le faîte.
L'autel était paré de ses plus beaux atours,
A la voûte charmaient, et l'or et le velours ;
Rouzet, le tapissier, de riches draperies,
Avait orné les murs, les hautes galeries,
Le tulle, la dentelle aux pilastres fixés
Flottaient sous les arceaux en cercles nuancés.
Dans ces contours heureux, se trahissait Élise,
Qui dès ses jeunes ans servit la Sainte Église.
Sur les autels brillaient d'incomparables fleurs,
L'or, l'argent y montraient leurs plus vives couleurs ;
Ces fleurs étaient le fruit du travail de Julie,
Dont le rare talent au mérite s'allie.
L'étendard, la bannière aux piliers retenus,
Décelaient aux regards leurs élégants tissus ;
Fleuriot en cette œuvre employa tout son zèle,
Les dessins étaient purs, la moire riche et belle,
Les chandeliers, le Christ, les candélabres d'or,
Brillaient et dans la nuit resplendissaient encor ;
Érable en ces objets déploya son génie,
Il réussit, heureux, son œuvre fut bénie,

De sa blancheur, la souche éblouissait nos yeux.
Vincent, décorateur, se fit des envieux.
Les tapis de Laroque, aux dessins exemplaires,
Sont déroulés, divins, par nos auxiliaires ;
Nappes et tours d'autel, d'une sainte candeur,
Épinglés par Zélia, ravissent notre cœur.
Les tableaux, le missel, la cloche, les burettes,
Sont des chefs-d'œuvre d'art et d'Ivon les emplettes ;
Enfin, tous ces objets de Boirude connus,
Sont dès la veille prêts, dès la veille prévus.
Serviteurs du saint lieu, patience, courage,
Dieu, malgré vos péchés, bénira votre ouvrage.

XVI

Grande Fête

Dès l'aube, bien vêtu, Girard, notre sonneur,
Ouvre le Temple saint et prépare le chœur,
Il sonne l'Angélus, et le bourdon sonore,
Vient rompre le silence en dévançant l'aurore;
Nos amis réveillés à ce bruit radieux,
N'attendent point la fin de ce chant glorieux,
Ils sortent à l'instant de leurs couches moelleuses,
Déplorant de la nuit les heures anxieuses,
Leur cœur bat de plaisir en songeant à ce jour,
Qui leur donne l'espoir d'un bonheur sans retour;
Ils ouvrent les battants de leurs portes rustiques,
Fredonnant, gais, joyeux, du saint lieu, les cantiques.
Boirude plein d'ardeur, réfractaire au sommeil,
Arrive le premier et veut donner l'éveil;
Mais nos bons serviteurs, servants, chantres et suisses,
Apparaissent bientôt ne rêvant qu'aux Offices,
Ils se mettent à l'œuvre et doublent leur devoir,
La loueuse Alizon parle d'un gros avoir;
L'organiste Sirène et le souffleur Éole,
Préparent au grand orgue un essai de leur rôle;

Nos beaux enfants de chœur débouchent de tout lieu,
Le Frère en vain leur parle et du Temple et de Dieu.
Pendant ce temps, Boirudë encore fort, plein de vie,
Travaille, court, agit dans l'Église envahie ;
Il a tout ordonné, le plus bel ornement,
Tiré hors du vestiaire attend l'heureux moment,
Où lès Prêtres sacrés marcheront à l'Office,
Précédés des enfants, des chantres, du beau suisse.
L'heure sonne, Boirude et ses coadjuteurs
S'élancent aux autels, valeureux éclaireurs ;
Lustres et chandeliers scintillent de lumières,
Dans ces mille flambeaux, brûlent Durand, Salières.
Nos pieux citadins encombrent le saint lieu,
Chacun veut à l'envi rendre grâces à Dieu.
Des siéges dans le chœur sont placés pour nos sages,
Et des siéges encor, pour de hauts personnages ;
Les hommes dans la nef, ont leur place en avant,
Les mères et leurs fils et la foule arrivant,
Se placent en arrière ou dans la nef voisine,
Notre habile Orphéon et sa troupe enfantine
Ont envahi du haut tribunes et balcons,
L'église pleine attend les saintes Oraisons.
Bientôt d'un bas portique, avancent nos Lévites,
Vers l'Autel consacré, vers les Cieux émérites,
Ils montent les degrés sanctifiés, divins,
Priant pour le Pays, lé Dieu des Souverains ;
Et l'Office commence et les chants retentissent,
Les cœurs émus, touchés, de repentir gémissent,
Mais bientôt enivrés des grâces du Seigneur,
Ils boivent à longs traits aux sources du bonheur.
La fille d Alézon en ce moment suprême
Éclipse son passé, nous ravit à l'extrême !...
On dirait du beau Ciel un ardent Séraphin,
On dirait de l'Éden un céleste refrain,
Et la foule s'éprend, et la foule en prières
Se recueille, médite et songe aux fins dernières,
Dans ses pensers brûlants, elle voit !e Thabor
L'abriter, l'enivrer de ses visions d'or !...

Elle a, dans sa ferveur, établi des demeures
Qui ne doivent, hélas ! régner que quelques heures !...
Elle parle avec Dieu, le Roi de l'Univers,
Croit entendre les Saints chanter mille concerts,
Elle prie ardemment pour tous et pour la France,
Afin qu'un signe heureux nous donne l'espérance,
L'espérance d'un bien si longtemps attendu,
Règne de douces mœurs, règne de la vertu !...
Le Sacrifice offert, la Victime sans tache
Parcourt l'espace saint, du monde se détache,
Elle frappe aux séjours des palais éternels.
Et déposant nos cœurs blessés de coups mortels,
Elle obtient du Très-Haut leur guérison entière,
Et leur montre, ô bonheur, la céleste lumière !...
L'Office solennel arrive à son déclin,
Les chants ont redoublé l'électrisant refrain
Du Cantique nouveau : *Sauve, sauve la France !*
Complète le Salut de l'heureuse assistance.
Vive Dieu ! Vive Dieu ! le Ciel est notre agent,
Une Étoile paraît, voici l'Age d'Argent !...

Typ. L. Codere, lib.